**Gallimard Jeunesse / Giboulées sous la direction de Colline Faure-Poirée**

© Éditions Gallimard Jeunesse, 1995
Premier dépôt légal: mars 1995
Dépôt légal : juin 2012
Numéro d'édition : 244603
ISBN : 978-2-07-059008-7
Loi n° 49956 du 16 juillet 1949
sur les publications destinées à la jeunesse
Imprimé en France par Pollina - L60779B

# Léon le Bourdon

Antoon Krings

GALLIMARD JEUNESSE / GiBOULÉES

Il était une fois un petit bourdon un peu rondouillard, grassouillet, qui s'appelait Léon. Il habitait un nid douillet tapissé de mousse, dans lequel il passait tout l'hiver.

Léon était sur le pas de sa porte et savourait le retour des beaux jours en bourdonnant à qui mieux mieux. Vraiment c'était une journée idéale pour aller rapidement retrouver ses fleurs et faire des provisions de pollen.

C'est pourquoi il s'envola d'un air affairé jusqu'au jardin fleuri. Il y avait déjà beaucoup de monde sur la place : Siméon le papillon, Mireille l'abeille, Belle la coccinelle et bien d'autres insectes encore.

Tranquillement, Léon se mit à la tâche. Il faisait de nombreux allers et retours et il finit par récolter une grande quantité de pollen qu'il entreposa chez lui dans une pièce prévue à cet effet.

Quand son garde-manger fut plein à ras bords, Léon se sentit plus léger et s'accorda un peu de repos.

Pendant ce temps, Mireille l'abeille s'inquiétait de ne plus trouver assez de pollen pour faire ses pots de miel. «Va voir Léon, c'est lui, chuchotèrent les fleurs, c'est lui qui nous a pris tous nos biens.» Mireille ne se le fit pas répéter deux fois.

Elle arriva à la porte de Léon et elle frappa, et elle sonna, et elle sonna, et elle frappa et à la fin, la tête de Léon sortit et il dit : « Quel est ce boucan ! » Quand il comprit qu'elle venait pour lui parler de pollen, il ne voulut pas en savoir davantage. « Allez-vous-en, je n'ai pas le temps ! » ajouta-t-il en claquant la porte.

La pauvre Mireille s'en fut donc tristement et le vilain bourdon, le grognon Léon qui n'aimait pas partager, s'enferma chez lui en veillant jalousement sur son précieux trésor. Mais il trouvait le temps long et pour qu'il paraisse moins long, il mangea, mangea beaucoup trop de pollen. Léon grossissait à vue d'œil.

Lorsqu'il voulut sortir pour prendre l'air, quelque chose ne passa pas par la porte et ce quelque chose était son propre postérieur. Il tira sur ses pattes de derrière et comme il en avait assez de pousser dans tous les sens et qu'il restait toujours coincé, il cria : «Au secours ! À l'aide !»

«Hé là ! Est-ce que tu es coincé ?» demanda Mireille. «Aide-moi, je ne peux ni avancer, ni reculer», supplia le bourdon. «Tu peux très bien rester là», dit Mireille en faisant mine de l'ignorer. «Je pourrais te donner un petit sac de pollen.» «Je n'ai pas le temps», fit l'abeille en faisant mine de s'éloigner. «Je te donnerai deux petits sacs... Attends, quatre petits sacs... Reviens, dix petits sacs...»

«Eh bien, c'est bon pour quinze sacs», fit-elle satisfaite. Elle prit le bourdon par une patte et tira, tira de toutes ses forces ! Oh hisse ! Oh hisse ! Oh hisse ! Oh hisse ! Et puis très brusquement Mireille fit un saut périlleux en arrière, suivie de Léon enfin libéré.

Comme promis, notre abeille reçut ses quinze petits sacs de pollen. Quant au gros Léon, il resta de mauvaise humeur pendant quelques jours. Mais ne vous en faites pas pour lui, dorénavant, il fera attention de ne plus trop manger, du moins jusqu'à l'été prochain. En attendant, nous ne manquerons pas de miel cet hiver.